KB065599

시인도 아니면서
시는 무슨 시詩

흘암 최철수

반달뜨는꽃섬

시인도 아니면서
시는 무슨 시詩

책머리에

어느 날 우연히 본 TV 장학 퀴즈 프로그램에서 독일의 대문호 괴테는 "좋은 시詩란 어린이에게는 노래가 되고 청년에게는 철학이 되며 노인에게는 인생이 되는 시(詩)이다" 이 말의 의미는 무엇을 뜻하는 것인가란 퀴즈의 답이 의외로 시는 쉽게 쓰여져야 한다는 것에 큰 용기를 얻게 되었다.

그 후 10여 년간 틈틈이 부담 없고 쉽게 쓴 200여 편의 습작이 나에게는 소중한 것이지만 남이 보면 부끄럽기 그지없는 졸시拙詩라 방치해 두고 있던 차에 친구 배광과 운휴의 적극적인 권유로 이번에 작은 시집 한 권을 엮었습니다.

아무쪼록 저의 졸시가 독자 여러분의 삶 속 감흥들을 대신 사색하고 노래한 것이라 생각하시고 즐겁고 편안하게 그리고 사랑으로 받아주시길 바랍니다.

2023. 가을
흘암 최철수

목차

2부, 산 넘고 강 건너

1부, 계절 따라 세월은 흐르고

봄빛

돌림병 두려워 마실 나갈
엄두도 나지 않지만
자꾸 눈이 가는 삽작 밖 봄빛

솜사탕 같은 연분홍 꽃잎
연두색 치마 한들거리는 버들가지
함께 춤추며 회춘하는 이 봄

개나리 지면 벚꽃 피듯이
화려함도 우울함도 봄빛 따라
이 또한 지나가리라

봄꽃

얼음 풀린 실개천에
조팝꽃은 하루 종일
소금 뿌리고 있고

골목마다 라일락은
하루 종일 향수 뿌리며

가로수 벚꽃은 하루 종일
꽃비를 내린다

개나리 명자꽃은
서로 다투듯 예쁜 얼굴
내밀고 있지만

세수만 하고 꽃구경 나온
소녀가 꽃보다 더 이쁘다.

벚꽃

4월의 나른함에 지쳐
백설이 난무하듯 춤추며
떨어지는데 벚꽃 그늘 아래서

젊은 시절을 회상해도
지금의 나는 변한 게
별로 없다

아름다움을 아름답다고
느끼지 못하는 현실이
참 슬프고 애달프니

4월의 벚꽃은
참 잔인하구나

조팝꽃과 명자꽃

가지마다 움트는 새싹 사이로
봄빛은 윤슬처럼 반짝이고
새들은 조잘대며 짝 찾는데

하얀 면사포 쓴 조팝나무는
키다리 두릅나무 순 기다리고
붉은 족두리 쓴 명자나무는
까칠한 엄나무 순 기다린다

면사포든 족두리든 얼른 벗어 버리고
빨리 신혼길 가고픈 젊은 부부는
님과 함께 새처럼 훨훨 날아가고
이 봄날도 어느새 나비 되어 날아간다

짧은 봄

해마다 봄이 오면
성급한 꽃나무들은
잎보다 먼저 꽃을 피운다

어린아이들은
예쁜 꽃 따다가 먹어도 보며
즐거워하고

젊은 연인들은
갓 피어난 꽃그늘 아래서
자기들이 꽃보다 이쁜 양
착각에 빠진다

홀로 남은 노인은
바람에 어지럽게

떨어지는 꽃잎을 보며
짧은 봄날을
아쉬워하지만

이 봄 작별하는 꽃잎은
내년에 다시 올 때까지
밥 잘 먹고 잠 잘 자며
편히 쉬라 한다

봄 엄마

야! 봄이다
꽃향기 따라
문지방 나서니
아련히 피어난
아지랑이 너머로
그리운 엄마가
하얀 목련 동정에
제비꽃 고름 매고
살포시 내게 다가와
살갑게 나를 보듬는다
반가움에 눈가에 맺힌
이슬이 빗물 되니
어느새 엄마도 사라지고
이 봄날도 가고 있다

4월의 희망

숲속 오솔길 길섶에
민들레 버드나무 홀씨들이
소록소록 앉아서
서로 희망을 나눈다

하얀 눈자위 속
올망졸망 까만 눈동자들이
나의 무기력한 삶을
꾸짖듯 쳐다보고 있다

바람이 불기를 비가 오기를
기다리는 4월의 작은 생명체들
참 신비스럽고 이쁘다

신록 속으로

꼴없이 찾아온 봄이
꽃망울과 새싹들
움트게 하더니
벌써 그 많던 꽃잎은
봄비에 떨어지고
새싹들은 신록 되어
싱그러운 숲 되었다

가끔씩 구름 사이로
내민 햇살이
낭만파 화가가 되어
신록의 색깔을 가지고 놀고
바람에 놀란 숲은
크게 웃다가 울고 있다

나도 4월의 따스한 햇살이 만든
연둣빛 신록의 그늘 아래서
남 의식 않고 크게 웃다가 울고 간다

들장미

우리 동네 이곳저곳 담장에
걸터앉은 들장미가
오뉴월 햇살 아래
아름답게 익어간다

내 심장의 피멍처럼
겹겹이 쌓인 꽃잎 속에는
님을 향한 애틋한
그리움만 쌓여있다

귀여운 꼬마가 예쁜 들장미
한 송이를 꺾어간다
상처받은 새빨간
내 마음도 뒤따라간다
어느새 나의 예쁜 장미는

세찬 장맛비가 되어
독이 잔뜩 오른 가시와 이파리를
마구 두들겨 패고 있다

5월이 그린 그림

5월의 푸른 하늘 아래서
산과 숲이 그림을 그린다

연분홍 철쭉꽃 들고는
사랑 찾는 소쩍새
하얀 모시 치마 입고는
떠난 님 그리는 계곡물

세대와 생각이
다른 사람들을 함께
어울리게 하는
파아란 숲속 그늘

이렇게 자연과 사람이
어우러진 싱그러운 5월은

오늘도 아름다움과
그리움을 그렸다
지웠다를 반복한다

여름

따가운 햇살에
새들새들해진 나팔꽃
삐쩍 마른 소나무에
너무 많이 달린 솔방울
모두 다 생의 애착

무료함과 나른함이
내려앉은 쉼터
아들자랑 며느리 험담들이
아낙네 부채질 사이로
흩어지는데

한여름 불현듯 나타난
고추잠자리는
자랑도 험담도 부질없는 듯

내 머리 위로 한없이 맴돌다
가을 맞으려 유유히 떠난다

가난한 섬의 여름

나그네 발자국 소리에 놀란
벌레들은 사방으로 흩어져 숨고
밤새 이슬 머금은 꽃잎들은
수줍듯 살포시 꽃술 숨긴다

이글거리는 태양 아래
오늘도 가난한 섬사람들은
졸고 있는 작은 어선을 부여잡고
이 섬을 떠나지 못하는데

애타게 울어대는 매미는
지쳐 대신 울어달라 하고
배가 뽈록해진 왕거미는
이제야 같이 나눠 먹자 한다

뉘엿뉘엿 넘어가는 해가
붉은 눈물 되어 떨어질 때
찰랑거리는 나그네 술잔엔
지난 세월 추억들이 담기고
넘실거리는 물결 위로는
우리네 인생이 실려 간다

여름꽃

한여름 소나기와 폭염에 시달려도
꽃들은 온갖 생명체와 공생하는
작은 우주(宇宙)다

한 여름날 꽃잎 속
낮에는 벌 나비 불러 모아
노래하며 춤추고
밤에는 이슬 모아
달과 별 띄워놓고
사랑을 속삭인다

해와 달 그리고 별이 내려앉은
꽃잎 속을 가만히 들여다보면
오롯한 너의 모습에서
오묘한 생명의 신비 느낀다

지난여름 모든 것 포용하며
짧고 찐하게 살아온
너의 넓은 도량과 열정의 삶에서
희망의 결실이 보인다

여름살이

푸른 하늘 뭉게구름도
가는 길 멈추고
숲과 호숫물도
고요히 졸고 있다

새벽녘에 겨우
기운 차린 풀잎들도
한낮 뜨거운 열기에
맥없이 다시 쓰러진다

너는 기후 온난화로
중병을 앓고 있고
나는 늙음이라는
중병을 앓고 있지만

우리 죽는 그날까지
부끄럽지 않게
서로 사랑하며
편안하게 살다 가자

태풍

슬슬 바람이 분다
바람결에 비도 꼽사리 낀다

바닷물이 넘실거리며
서로 낯짝을 부비다가
무슨 일로 토라졌는지
이젠 서로 치고받는다

옛날의 태풍은
다 익은 벼나 쓰러트리고
큰 나무 몇 그루 자빠트렸지만
요즘 태풍은
산과 집을 무너트리고
멀쩡한 사람도 해코지한다

태풍이 지나간 자리
너와 나의 일그러진 잔해 속
자연의 거대한 힘과 노여움에
숙연해졌다가 두려워진다

나는 아무것도 할 수 없어
신에게 자비와 용서를 구한다
인간들이 자연훼손과 파괴로
지구를 뜨겁게 한 죄를...

느림보 여름

느릿느릿 가는 여름
우리도 많은 생각 말고
느릿느릿 살아가자

짙은 숲길 느릿느릿 걷노니
여름내 거무튀튀하게 타버린
나무껍질 속에 내가 보인다

나무는 너무 많아진 잎새를
나는 너무 많이 쌓아둔 잡념을
조금씩 조금씩 털어 버리며
숲길을 느릿느릿 걷는다

천천히 걷고 나서 어느
가난한 주막에 앉아

너와 나 눈 맞추며
가슴에 담아온 솔향을 안주 삼아
마시는 술이 너무 달다

가을이 온다

먼 산에 걸린 구름과 하얀 반달이
그린 청명한 하늘 그림

소슬한 바람결에 더위 배웅하듯
허공 향해 손짓하는 억새

엄마 젖가슴같이 몰랑몰랑한
홍시 만들려고 햇볕 쬐는 감나무

지난봄부터 설레였던 모든 것들이
벌써 더 푸르진 하늘색에 묻혀
그리웁다 못해 서러움이 다가온다

고운 가을

고와라 고운 이 가을에
곱디고운 꽃단풍 땜에
덩달아 고와진 내 마음

이쁜 누이 시집가듯
사랑비에 흠뻑 젖어
낙엽 되어 가버린 너

찻잔 속 아른거리는
지난 가을 고운 빛들
긴긴 겨울 널 그리며

또다시 얼마나 많은
허접한 나의 시심(詩心)을
술잔에 담아야 하나

가을 단상

단풍 너는 누구에게
상처를 받았길래
저토록 새빨갛게
멍이 들었나

갈대 너는 어느 님이
떠났길래 저토록 허공에
하얀 눈물을 뿌리다 지쳐
서로 비비며 울고 있나

낙엽 너는 무슨 억울한
사연 있길래 저토록
나뒹굴며 가슴을 치고 있나

얘들아!
너무 서러워 말라
너희들은 내년에 또
다시 살아서 오자나

단풍 그리고 낙엽

온갖 새들과 벌레로부터
할퀴고 먹히고
천둥 번개 세찬 비바람에
두들겨 맞고도
굳건하게 하늘빛 향했던 너

긴 인고의 세월
가슴에 담고 참고 참았더니
끝내 새빨갛게 멍들었다가
노오란 멍으로 삭아 내린다

멍들었다 삭아 내린 너
다시 세월의 세찬 바람에 나뒹굴다가
자신을 위로하며
혼잣말로 중얼거린다

그래도 나는 한평생
많은 풀벌레 먹여 살렸고
빨노랗게 멍든 내 모습은
일상에 지친 사람들을
힐링시켜 주었다고

늦가을 밤마실

동네까지 내려와
더 갈길 잃은 이 가을
소슬한 바람결에
예쁜 단풍들 낙엽 되고
그리움 안고 내려온
핼쑥한 달님도
나의 창가에 앉아서
잠 못 이루게 한다

깊은 밤 가을빛 향기 속
쓸쓸함과 우울함에
살짝 밤마실 나오니
꼬치구이 향에 취해
먼저 나온 도둑고양이와
마주치니 달님이 웃는다

거리엔 뭇사람에 밟혀
상처받은 낙엽 위로
방금 마지막 생을
다하고 떨어진
세월이라는 낙엽도
잔인하게 짓밟힌다

늦가을 깊은 밤
마실 나온 도둑고양이는
가을 향 따라 사라지고
만추에 취한 나는
스토킹하듯 따라다니는
또 다른 나의 그림자
속으로 숨는다

눈길

님 가신 하얀 눈길
님 그리워 서성이니
어느새 하얀 눈길은
콩가루 뿌린 듯 노오란
비단길 되었다

님 넘어간 산 능선에
걸려있는 구름 사이로
하얗게 야윈 님의 넋과
까칠해진 나의 영혼이
희끗희끗한 잔설 되었구나

오늘같이 하얀 눈 오는 날
님은 눈 타고 내 곁에
살포시 내려와 앉아 있지만

님이 온 줄도 모르는 나는
님을 향한 그리움과 추억들만
사박사박 밟고 있다

겨울에 본다

겨울 산
모진 산골바람에 차가워진 바위틈
사이로 굳건히 서 있는 소나무 보며
혼자 놀고 사는 법을 본다.

겨울 바다
성난 파도 속으로 온몸을 내던진
작은 군함의 추억 속에서
지난날의 청춘을 본다

겨울 창가
차가운 눈들이 어지럽게 휘날리며
내려오는 모습에서 지난 삶의 아픔과 희망
그리고 부질없었던 열정들을 본다

겨울 거실
이미 죽은 소가죽에 하루 종일 파묻혀
뜨는 해와 지는 해를 바라보면서
술처럼 익었다 과일 껍질처럼 시들어가는
내 인생의 긴 하루를 본다

세월

잔뜩 움츠린 쭈글쭈글한 마음속으로
스며드는 찬 기운이 싫어 본능적으로
햇살 바른 양지를 찾는다

새 달력이 나왔다 좋은 풍광 멋진 그림이
있는 것보다 큰 숫자 밑에 음력 숫자가
새겨져 있는 달력이 더 좋아진 세월이 흘렀다

꽃 피고 새 울고 하얀 눈이 내린다고
마음의 세월이 가는 것은 아닌데
왠지 따뜻한 국물과 술이 있는 주막이
그리운 것은 무슨 이유일까

둥근달 아래 빠르게 흘러가는 구름이 말한다
내가 너에게 서운하게 했다고

너에게 멀어졌다고 생각하지 말라
모두 다 불안하게 늙어가는 마음의 소치다

너와 나의 격隔을 연결시키는 세월이
머물고 싶어도 결국 우리 곁을 떠나겠지만
그때까지 아프지 말고 즐겁게 살자

2부, 산 넘고 강 건너

산과 들

하늘 아래 우뚝 솟은 산을
아무리 오르고 올라도
산은 나보다 높은 데서
교만과 아집을 버리라 하고

햇살이 반짝이는 자잘한 들꽃들과
작은 새들이 어울려진 넓은 들판은
나에게 용서와 사랑으로 살라 한다

오늘도 힘든 짐 모두 내려놓고
너희들 품속으로 깊이 들어가니
더 넓고 한결 가벼워진 내 마음

들꽃 길

호젓한 산책길 길섶
흐드러지게 핀 들꽃들
낮에는 소금같이 정갈하고
밤에는 영롱한 별이 된다

작은 꽃들이 모여
큰 아름다움 되듯
나 남은 여생도 모아모아
아름다운 사랑 되리라

예쁜 들꽃들이
배웅하며 천상 가는 길
나도 너희들과 같이 가며
기도하는 길

산 예찬

언제 보아도 산은
육중함에 신비스럽다

배낭에 인생을 담고
천천히 산 오르니
산은 언제나 나를 보담아 준다

산에서 힘든 삶의 짐을
조금씩 버리며 걸으니
그 속에 내가 있고 너도 있고
나도 보이고 너도 보인다

태백에 새해가 오면

동해로 붉은 해가 떠오르고
한반도 중심 태백산 정기가
사방으로 퍼지면
모든 만물은 새 희망을 안고
꿈틀거리며 요동친다.

험준한 산 능선 넘나드는 세찬 바람과
몸속 깊이 파고드는 매서운 한파도
결코 우리의 희망을 꺾을 수 없다

좋은 기운 남기고 서해 바다로 넘어가는
태백의 해는 우리에게 희망과
평화를 남기고 내일을 기약하며
붉은 노을 속으로 사라진다

제주 매화 곁에서

한겨울 차가움이 내려앉은 새벽녘
갑자기 너를 만나 은은하게
풍기는 향취를 느끼고 싶어
바다 건너 이곳에 왔다

아직 잔설이 희끗희끗 남아있는 한라산 아래
양지바른 돌담 밑에 흐드러지게
피어있는 매화꽃 사이로 벌 나비가 네 향에 취해
유희하고 나도 덩달아 코끝으로 너를 희롱한다

먼 훗날 지구온난화로 꽃잎도 작아지고
색깔도 볼품없이 바래지더라도 변하지 말아야 할
너의 고고한 기개와 은은한 향마저 변할 거라면
아예 꽃도 피우지 말고 열매도 맺지 말아라

오동도 동백

오뉴월 검게 그을린
떠돌이 나그네처럼
오동도 동백나무숲도
푸르다 못해 검푸르다

제철 넘긴 오동도에
동백꽃 찾은 나그네를
꽃 대신 파도 소리
새소리가 반기지만
나그네 걸음은 무겁다

젊은 날의 삶들이
꽃잎 되어 가슴속에
차곡차곡 쌓여있지만
예쁜 선홍빛 꽃잎들도

세월의 아픔 때문에
검게 타 금방이라도
누가 콕 찌르면
새까만 피가 되어
솟구칠 것 같다

진해의 봄

장복산 긴 병풍 속
벚꽃 진달래 철쭉꽃이
서로 자리를 내어주며
아름답게 피고 진다

물결 잔잔한 옥포만
작은 조개섬 큰 거북섬들이
오순도순 모여 반짝이는
햇살 부비며 살고 있고

필승! 하며 떠나는
군함의 긴 기적소리에
놀란 갈매기는 작은
어선 속으로 숨는다

긴 벚꽃 터널 부둣가
젊은 군인 아내의
이별 속 만남의 손짓에
서로의 애틋한 맘을
파도가 대신 담아간다

주작산 진달래

보이지도 않고
잡히지도 않는
우리 땅 끝자락에
큰 바위 작은 바위 모여
봉황 되어 날개를 편다

산 능선 골짜기마다
예쁘게 핀 진달래는
남도의 해풍에
빨갛게 멍들었지만
삶에 지친 나를
반갑게 반긴다

아! 나를 위로해준
주작산 진달래
너는 나를 기다리지만
이제 내가 가지 못하니
세월이라는 큰 짐이
너무 무겁구나

백마강

부소산성 꾸불꾸불
오솔길 따라간
백마강 낙화암에
삼천궁녀의 처절한
충절이 꽃 되어
절벽에 걸려있네

아득한 슬픔들은
나그네 술잔에 담겨
목줄 타고 내려와
애간장을 태우는데

유유히 흐르는
백마강 위 흰 구름은
고요만 하구나

실미도

한순간 운명처럼 씌워진 주홍 글씨
그 운명 같은 글씨 지우려고 찾아온 이곳
두고 온 고향 산천 그리는 마음 애틋했고
머리 위 별빛은 찬란한 꿈과 희망이었다

그러나 국가와 세월 그리고 신(神)은
꿈과 희망을 좌절과 분노로 바꾸어 버렸고
그들의 의미 없는 삶은 용암처럼 분출되었다

지금도 갯벌 위 석양에 반사되어
튕겨 솟구쳐 나와 소용돌이치는
애처롭고 고독한 영혼들이여
이제는 한 줌 용서와 사랑의 바람 되어
미련 없이 하늘나라로 올라가소서

점봉산 곰배령

구름도 쉬어가고
새들도 자고 가는
점봉산 곰배령 마루에
하늘과 땅의
기운을 받아 이쁘게 핀
작은 들꽃들이 모여
하얀 소금이 되었다가
금세 금빛 모래가 된다

설악의 세찬 바람이
고요한 야생화 들판을
간간이 일렁이면
꽃잎은 하늘로 오르고
번뇌에 찬 내 마음도
일렁이는 야생화 물결에

정화되어 하늘 오른다

천국에 오른 곰배령의
작은 꽃들과 내 마음은
밤하늘의 작은 별 되어
들판에 외로이 서 있는 나를
사랑의 빛으로
밝게 비추며 위로한다

백두산

백두야! 천지야!
언제 보아도
크고 넓은 네 모습과 도량에
내 마음이 숙연해진다

백두야! 천지야!
너를 지키기 위해
우리 민족은 얼마나 많은
피눈물을 흘렸는지 아는가

백두야! 천지야!
민족의 혼을 담고 있는 너를
이제 가슴에 담고 떠난다
부디 영원하여라

두만강

내가 본 두만강
푸른 물은 온데간데없고
동내 도랑의 흙탕물

노 젓는 뱃사공도
온데간데없고
숲 사이 숨어있는 초소들만이
적막 속 무서움이 교차한다

저 멀리 느릿느릿 기어가는
화물열차의 기적소리는
한여름 엄마 등에 매달려
보채는 아이처럼
북녘 동포의 애환인 듯
애처롭기만 하다

방태산 애환

하늘 아래 깊은 계곡물
우거진 숲속 가파른 절벽
아직도 사람들이 접근하기가
쉽지 않은 오지의 방태산

그 옛날 이곳 방태산은
뭇사람 눈 피해 피신한
불치병 환자의 서러운 삶터
환난과 돌림병의 피신처
양반과 노비의 운명적인
애틋한 사랑의 도피처

오늘도 방태산은
고달픈 삶을 위로받으러
찾아온 많은 사람을

보듬고 안아주지만
결국 내가 나를 보듬고
위로하며 살아가야 함을
깨닫게 하는 산

그 섬(서래섬)에 가면

도심 속 강가에 섬도 아니면서 섬이 되어
도도한 한강의 물살을 온몸으로 받아내며
다소곳이 앉아 있는 반포 서래섬

봄이면 노란 유채꽃 사이로 벌 나비들이
낮에 나온 반달보다 더 핼쑥한 도회지 아이들과
즐겁게 춤추며 숨바꼭질하고

가을에는 휘영청 밝은 달빛 아래
하얀 메밀꽃 사이로
연인들의 사랑 속삭임이 숨바꼭질하는 곳

겨울 재촉하는 찬비 내리는 날도 그 섬에 가면
내 삶의 한순간 한순간 행복과 고통도
어느덧 저 강물처럼 끝없이 흘러만 간다

오대산

오대산에 가면
아주 오래된 나무들과 사찰
늙은 스님이 있다

하늘이 내려다보니
청아한 계곡물 소리와
목탁 소리가 좋았고
올망졸망 바위와 나무
사람들이 사이좋게.
사는 모습이 참 좋았다

오늘도 오대산은
오래된 나무와 절을 품고 있지만
이 나그네는 누가 보듬고
안아주며 위로해주나

용문산 은행나무

빠르게 지나가는 짧은 한해
그 속에서 길게 이어온 11월
노오란 은행나무 단풍 보며
세월의 쓸쓸함을 달래려고
용문산 은행나무를 찾으니
은행잎은 벌써 다 떨어져
황금빛 비단 이불이 되어
첫서리에 시린발 덮고 있다

서늘한 바람결에 흔들리는
메마른 나뭇가지 사이로
선로 이탈한 기차와 비행기
집회와 축제에 갇힌 군중들의
아우성이 보이고 들린다

가을빛 짧은 햇살이
머무르고 있는 작은 주막
소맥燒麥잔 속 은행잎은
조각배 되어 한들거리고
입속의 산나물들은
봄이 되어 오물거리는데
용문산 은행나무는 긴 목
내밀고 또 다가올 길고도
짧은 한해를 기다린다

진도의 큰 울림

국난의 회오리 속
왜적이 남쪽 바다에서
서쪽 바다로 가는 길목
오직 나라와 백성의
안위만을 걱정한
큰 울림이 있었다

지금도 이 강산에는
동족 간 이념과 갈등으로
서로 반목하며 살고 있고
국론은 분열되고
국토는 조각나 불안하다

조국의 분단과 분열에
나는 성난 파도가 되어

분노와 애석함을 안고
공公의 큰 울림과
함께 허공으로 흩어지니
나도 울고 공公도 울고
산천초목도 운다

백암산

태백 줄기 우뚝 솟은 백암산
흰머리 위로 천사들 노래하고
계곡마다 신선들 멱감는 곳

울창한 금강송 가지마다
동해의 거북이 가자미가
서로 사이좋게 붙어 숨 쉬고
밑둥의 일제 수탈 흔적에서
민족의 한과 끈질긴 생명을 본다

광활한 하늘과 깊은 바다를 품은
하얀 정상에서 신선이 된 이 몸
자줏빛 해당화 따라 내려온 온천수에
몸담그니 오랜 술병酒病 치유되어
또 술시酒時가 기다려진다

그 섬(강화 교동도)에 가면

오늘도
북방한계선 바로 턱 밑에서
분단의 애환과 그리움을 담고
북녘땅 그리는 강화 교동도

가을이 내려앉은 서쪽 바다는
먼 남쪽에서 올라온 흰 구름과
북녘땅 품은 길손 걸음 멈추게 한다

길손은
바다 안개 속 철썩이는 파도에 실려온
두고 온 북녘 고향 소리도 듣고
냄새도 맡아 보지만
쓸쓸하고 외롭기는 매한가지다

순천만 갈대

더 넓은 순천만 갈대숲
봄 지나 여름 오면
젊은 시절 머리카락처럼
꼿꼿하게 하늘 향하고
갯바람에 넘실거리는
초록 물결 따라 수천 마리
파랑새 되어 춤춘다

여름 지나 가을에는
늙어 가늘어진
하얀 머리카락 되어
바람결에 지난 삶의
그리움과 서러움이
서로 비비며 슬피 운다

오늘도 엄마 품속 같은
순천만 갈대밭에는
젊은 청춘의 꿈들이
펼쳐 넘실거리고

속마음 다 비우고
감당할 만큼만
머리에 이고 가는
엄마의 애잔한 삶 같은
갈대들이 일렁인다

겨울 백록담

백발노인이 수북이 쌓인 흰 눈 밟으며
흰 사슴 만나러 백록담에 오르니
세찬 바람 너머 물 없는 분화구에는
백록은 보이지 않고 흰 눈만 쌓여있구나

겨울왕국 동물 놀이터 된 백담이 너무 눈부셔
고개들이 하늘 쳐다보니 저 멀리 남쪽 나라로
쫓기듯 도망가는 구름 타고 백록은 승천하고
개 닭 쫓듯 하늘만 쳐다보는 노인은
지난 세월 다 부질없던 삶을 회상한다

구상나무 고목에 영물같이 앉아 있는 까마귀가
지난 젊은 날 내 것이 아닌 것을 찾아 헤매다
뒤늦게 깨닫고 돌아온 어리석은 노인 향해
잘 가라고 까악까악 노래하며 배웅한다

겨울 강

한겨울 세찬 바람은
산과 강 그리고 내 마음
멈추고 굳게 했지만
말갛게 멈춘 강이 먼저
풀리고 움직인다

송곳니 빠지듯 떨어지는
계곡 고드름의 이별 소리
긴 궤적 남기며 갈라지는
얼음장 녹는 소리에 놀란 버들치
뽀송뽀송 하얀 솜털 가려워
눈 비비는 버들강아지

이렇듯 겨울 강은 멈춤이
아니라 새로운 변화와
희망의 시작이다.

3부, 가족 그리고 친구

고향 생각

누구나 고향의
아련한 추억을
간직하고 살지만
지금 내가 살고있는
이곳이 새로운 고향

새로운 고향이
좋다고 한들
그 옛날 고향의 추억과
그리운 사람들 생각에
가슴만 시려오지만
내가 살았던 옛 고향은
나의 영원한 이상향

아버지

조실부모한 우리 아버지
자식에게는 엄한 가장
손자에게는 인자한 할아버지

6·25전쟁에서 사선을 넘어
고향에 돌아와 가난한 농부로
고향 떠나 타향에서는
힘든 도시 노동자로
고달픈 삶의 연속이었지만
언제나 정의롭고 다정했던 분

아~ 그 아버지가 하늘의 부르심 받고
부처님 주님 배웅 받으며
먼저 가신 호국영령들 곁으로 갔습니다

아버지가 안 계신 빈방
나의 큰 울타리가 무너져
벌써 그리워진 우리 아버지
부디 하늘나라에서
편안히 영면하소서

어느 70대 노인의 5월

5월은 계절의 여왕이요 가정의 달이라지만 어린
이날에 어린애가 없고 어버이날도 양가 부모님을
다 여위어 뵙지 못하고 스승의 날도 딱히 뵐 수
있는 선생님이 없는 의미 없는 기념일에 씁쓰레
한 고독을 느낀다

운명처럼 만난 부부는 노동절에도 노동의 기쁨을
느끼지 못하며 버거운 나날의 삶을 보내다가 점
점 부부의 참사랑과 가정의 소중함을 깨닫고는
그간 다져온 세월을 고맙고 그리워한다.

해마다 5월이 오면 그 옛날 민주화 운동 시 희생
한 님의 넋을 기리면서 각자 아전인수격으로 받
아들이는 불쌍한 인간들을 멀리서 성모님은 그저
자비로운 미소로 바라만 보고 있다

오월 마지막 날인 바다의 날에는 살아가면서 많은 것을 주기도 하고 뺏기도 한 저 바다를 알면 얼마나 안다고 아직도 술 한잔에 나의 고향은 바다요 나의 집은 배라고 노래하지만 내 마음속 바다는 늘 동경과 영원한 희망이다

6월에 그리는 님

내 마음속 님들은
지척咫尺에 있지만
현실은 천리만길
먼 곳에 있구나

파아란 풀밭에
옹기종기 모여 편히
쉬고 있는 님들 사이로
나 그리고 네가 보인다

잡힐 듯 잡힐 듯
잡히지 않는 님들에게
시위 떠난 화살처럼
빠르고 짧게 기도한다

하늘이시여!
당신 곁으로 나보다 쬐금
빨리 간 죄밖에 없는
우리 님들을 부디 사랑으로
보듬어 주시고 영원한
안식을 주소서

감나무

우리 집 앞뜰 늙은 감나무
초가지붕이 양철지붕으로
다시 스레트로 바뀌는 모습을
묵묵히 바라보며 세월 지킨
우리 집의 오래된 찌끼미

봄날 감꽃은 겨우내
영양실조로 건버짐이
허옇게 핀 아이들의
달달한 까자가 되었고

서리 내리는 늦가을 밤에는
긴긴밤 달래는 할배 홍시로
낮에는 날짐승들 까치밥 되어
외로움과 배고픔을 잊게 했던
배려와 사랑의 나무

달빛 속 별이 내려앉은
옹기종기 장독대 위에
정화수 올려놓고 기도하는
엄마 옆 감나무에는
할매의 신령이 걸려있다

우포늪(소벌)

나 어릴 적 우포늪은
소벌이라 불렸다

엄마 손잡고 외갓집 가던
머나먼 길 물가에는
따오기 말밤 가시연꽃들이
지루함을 잊게 한 그 길

가끔씩 철새 사냥 나온
미군을 쫄쫄 따라다니며
초콜릿을 난생처음
맛본 그곳

이제는 따오기 따라 멀리
가버린 외삼촌 집 너머

오늘도 소가 누워있는
모습의 우포늪에는
먼 길 오고 가는 철새들의
고마운 쉼터

잊고 사는 소중한 것들

산과 들 그리고 강과 바닷가에서
불어오는 맑은 공기와 깨끗한 물의
고마움과 소중함을 잊고 사는 것

기력과 면역력이 떨어져
몸 곳곳에 온갖 잔병이 생기면
건강할 때 건강을 지켜서야
했음을 잊고 살아온 것

내 것이 아닌 내 것을 찾아
정신 없이 쫓아 헤매다가 아프고
외로울 때 같이 울어주고 위로해줄
친구의 소중함을 잊고 사는 것

이승에서 저승으로 떠날 때
영원한 안식과 명복을 빌며
마지막 배웅을 해줄 가족의
사랑과 소중함을 잊고 사는 것

그대여 잊고 사는 소중한 것들을
가끔씩 삶에 반추해 보는 귀중한
시간들을 놓치지 말고 살아가세

엄마와 아들

아들이 군인 되어 첫 휴가 왔어.
엄마에게 거수경례하며
무거운 세월이 내려앉은
엄마 어깨를 포옹하니
엄마는 반가움에 흐느낀다

장가간 아들이 오랜만에
엄마 집에서 해준
따스한 집밥 먹고는
초승달 같은 배를 내놓고
졸리는 잠결에
저놈 어렵사리 장가
보내더니만 마누라한테
제때 밥도 한 그릇
못 얻어먹고 싸돌아 다니나

하는 소리에
아들은 잠들은 척한다

엄마는 에어컨 켤 줄 모른다 하며
연거푸 하는 부채질과 가쁜 숨소리가
간간이 아들 방으로 넘어오고
아들은 창 너머 달빛 따라 내려온
풀벌레들의 애절한 울음소리에 파묻혀
베게 섶이 젖도록 흐느낀다

아~ 죽어도 자식들 끈 놓지 못하는
나의 엄마! 우리들의 그리운 어머니

어머니

엄마! 엄마! 나의 어머니
젊은 나이에 가난한 농부한테 시집와
6.25가 터져 남편을 전쟁터로 보내고
늙은 시부모와 어린 자식들 돌본다고
고생고생중 눈물샘마저 말라버린
가여운 세월의 여인
나의 어머니

말년에는 내가 너무 오래 산다며
자식들 고생 안 하게 따뜻한 봄날에
너거 아부지 곁으로 어서 가야지 하시던
엄마 말처럼 계절의 여왕인 5월에
홀연히 하늘나라로 가버렸으니
그저 허망하고 허탈할 뿐이다

어머니! 그동안 죄송하고 고마웠습니다.
부디 이승의 모든 일들은 다 떨쳐버리시고
저 하늘 천국에서 편히 쉬십시오

노부부 해외여행

화창한 오월 어느 날
우리는 먼 남쪽 나라
청정지역을 찾으니
할매들은 신이 났고
할배들은 흐뭇해한다.

파란 하늘 뭉게구름
푸른계곡 하얀 물결
공기마저 맛있는 이곳
말이 필요 없는 힐링 속
함께 떠들고 소통하니
맘 후련해지며 즐거웠고
함께 먹으며 눈 맞추니
정겨운 미소가 넘친다

아름다운 자연 속
즐거움과 감사하는 맘에
행복해진 할매 할배들
이 모두가 사랑이었다

친구 이사

이사 간다는 친구
아쉽고 허전한 맘에
산 오르니
바람도 구름도 서러워
산자락에 머문다

친구여! 너가 떠나더라도
나는 너를 마음속에
잔잔한 그리움으로 품고
보고 싶을 때
조금씩 조금씩 꺼내어
보고 만지다가
말간 소주잔에 담아
천천히 아주 천천히
마시며 그리워할게

바보 엄마 농원

파계골 언덕 위 바보 없는 바보농원
바위틈 사이 오솔길 따라 흐드러지게
핀 들꽃 속에서 천사를 본다

오두막 평상 너머 보이는 그늘 아래
부처님 같은 농부의 검게 탄 얼굴 위로
석류꽃 같은 붉은 노을을 본다

파아란 잔디 위 맷돌 속에서
바다의 전우들이 맴돌고
흘러간 추억과 그리움도 본다

7월의 뙤약볕에 누님보다 더 고운
석류알은 익어가고 석양의 나그네도
석류나무 아래서 석류주 같이 익어간다

아기가 되어가는 아내

아기를 좋아했던 아내는
다 큰 자식도 아직 아가다
아가!
엄마 성당에 갔다 늦어지면
국 데워서 밥 먹어라

이제는 나이 들어
소소한 일에도
감동받고 감사하며
칼클케 늙어가는

애기 같은 아내가
참 착하고 이쁘다

4부, 삶과 인생

새해에 붙이는 바램

새해에는
아무런 의미도 없는
혼자 잘 먹고 잘사는 것 보다
남을 위한 진솔한
사랑의 배려와 봉사심을
갖도록 도와주소서

새해에는
자연을 더 사랑하며
그들과 더 깊이 동화되어
자연의 순수한 숨결로
지친 심신이 정화되어
나를 교만에서 벗어나
더 낮추고 비워져서
겸손되게 하소서

길에서 길을 묻다

삭막한 겨울 길 따라
내가 나를 찾으려
호젓이 떠난 그 길

길도 잃고 나도 잃은
잘못 들어간 그 길이
다시 새길을 열어준다

숲속길은
골바람에 실려 오는
새소리 따라가라 하고
바닷가 길은
파도 소리에 실려 오는
갯내음 따라
걸어라 한다

길 따라간 숲속길이나
해 떨어져 달빛 어린
바닷가 길도 좋지만
이 마음 저 마음
다 내려놓고 걷는
내 인생의 뒤안길이
더 이쁘고 아름답다

내 마음

잔잔한 호수에
작은 돌 하나 던지니
동심원 그리며
퍼져 나가는
아득한 그리움

그대 보고파
돌 하나 또 던지니
그대 그리움은
잔잔한 물결 타고
더 멀리 도망간다

애틋한 그리움이
퍼져나간 호숫가에
멍하니 서 있노니

말간 호숫물 속에
내 마음이 보이고
보고팠던 그대의
하얀 미소도 보인다

매듭 길

꼬불꼬불 고갯길
꾸불꾸불 강물길
아찔한 절벽 길도
매듭은 없지만
우리들 마음속
꼬여있는 매듭 길

포근한 바람 따라
살며시 오는 이 봄
생기와 희망을
노래하기 전에
우리들 마음속
매듭부터 풀고서
아지랭이 타고 온
새싹 꽃길 걸이며
서로 사랑해 보자

광화문 함성

조국祖國을 위한 절박한 함성
누가 이 광장을 두 개로 갈라놓았나
갈기갈기 찢기고 사금파리가 되어버린
함성 위로 포근한 눈이 내린다

이 눈처럼 꽃잎 날리는 그날
우리 서로 상처 난 흔적 어루만지며
화해와 사랑의 찬가를 부르자

쉼(休息)

집 안에서는
TV와 핸드폰에 갇혀
내 마음보고 듣지도 못하고
이것저것 마구 들어간 뱃속은
만사萬事 버거워한다.

집 밖에서는
뿌연 미세먼지와 소음으로
맑은 하늘이 없고
바람의 속삭임도 없다

산과 들 속 들어서니
긴 공복空腹 편안함에
나의 눈은 먼 산 오르고
귀는 긴 강 따라 열리니

어느새 내 마음은
조각구름 되어
먼 산 긴 강물 위로
유유히 흘러만 간다

벚꽃 아래서

내가 살았던 진해 실개천 가
갓난애 살색 같은 벚꽃이
봄이다! 봄 하며 나를 부른다

큰 군함 타고 바다로 나가면서
벚꽃이 필 때면 돌아온다는
약속은 번번이 빗나갔지만
벚꽃이 지고 난 그 자리에는
꽃보다 이쁘고 사랑스런
가족이 나를 반겼다

세월이 흘러 이제는 무섭게
커버린 벚꽃 나무 아래서
한 노인이 외로움을 타고 있다

내년에도 또 후년에도
이 벚꽃 아래 내가 앉아 있을지
오지 않는 나를 벚꽃이 기다릴지

산다는 것

내 나이 칠십이 넘어서야
산다는 것이 무엇인지
아주 째끔 알 것 같다

나보다 못한 처지로
살아가는 사람이
나보다 훨씬 많다는 것을

살아가는 과정에서
많은 지식이나 진리보다는
많은 경험과 현명한 지혜가
더 중요하다는 것을

살다 보니 옳고 그름의
구분과 경계가 없듯이

주어진 여건과 처지에 맞추어
가볍게 살아가는 것이
편안한 삶이라는 것도

나이가 들수록
눈에 보이는 삶보다
눈에 보이지 않는 삶이
더 많고 중요함을

그래서 우리네 삶이
쉽고도 어려운 것 같지만
서로 용서와 사랑하면서
쉽게 쉽게 살아가는 것이
행복한 삶이라는 것을

새마을 금고에서

딩동! 어서 오십시오

무슨 사연이 있는지
시무룩한 표정으로
돈을 찾는다

또 다른 어떤 사람은
무슨 좋은 일 있는지
돈을 입금하고는
행복한 미소 짓는다

돈이 무엇인지
서민들 표정 속에서
돈은 참 좋기도 하고
애절하기도 하다

딩동! 하고 돌아서는
삶의 애환이 묻어있는
서민들의 뒷모습이
긴 여운을 남긴다

불황

우리 동네 나지막한 정자(亭子)
두 할매가 연거푸 부채질을 하며
물가가 올라도 너무 많이 올라서
시장에 갈 엄두가 안난다 한다

저쪽 어디에 전쟁이 났다던데
그 전쟁이 끝나야 좀 내리려나
그때까지 아껴 쓰며 잘 버텨야지 하며
짜증 난 듯 부채질이 빨라진다.

긴 여름도 이젠 떠날 채비를 하는데
아직도 짝 찾지 못한 매미는
어느 오디션 프로그램의 무명 가수가
목청껏 노래하듯 애절한데

잔인했던 여름 날씨에 푸른 잎새가
실없이 하나둘씩 떨어지는 모습이
불황에 어렵사리 근근이 살아가는
우울하고 애처로운 군상(群像)들 같다

폭우가 쏟아진 옹벽 틈새에 핀
철 이른 코스모스는
위태위태 한들거리며
앞으로 다가올 삶의 버거움을
지레 겁먹지도 두려워도 말라 한다

늙는다는 것

멀쩡한 옷과 신발을 버린다
오래된 앨범과 기념패도 버린다.
집이 한결 가벼워진 느낌이다
이것이 늙는다는 것일까

산에 올라 숲과 나무를 본다
산 아래 계곡과 강가의 온갖 풀과
들꽃 속에서 어릴 적 고향을 그린다
이것도 늙는다는 것일까

입맛이 떨어져도 끼니마다 습관처럼
식사는 하지만 음식들이 맛이 없다
그나마 맛있는 것은 짠 것과 물이다.
이것이 늙어가는 것일까

아무리 기도하고 빌어도 안 들어주는
신의 뜻은 따로 있다는 것을 깨닫고
이제는 남을 위해 실컷 기도한다
이것도 늙어간다는 것일까

삶이 단순해지면서 하루하루는 길어도
한 달과 일 년은 금방 지나가는 것
이 모든 것들이 늙는다는 것일까
아니며 서서히 죽어가는 것일까

뜨는 해 지는 달

붉은 달빛 아래 그대 보고파
긴 그림자 늘어트린 절벽 소나무 아래서
바들바들 떨고 있는 내 그림자가
파도에 조각조각 부서진다

작은 섬 뒤에서 그대는
붉은 입술 같은 구름 사이로
정열의 혓바닥을 내밀며
눈부시게 올라와
내 얼굴을 붉게 취하게 하고

밤새워 무겁게 기우는 달은
거인 같은 검은 섬과
작은 어선들을 지키다가

이제는 초라한 하얀 빈貧 달 되어
서쪽 하늘로 서럽게 사라지지만

올 줄 알고 갈 줄 아는 그대들이
참 부럽고 아름답구나

늙은 시인의 가을

바람이 분다
푸른 잎새가 단풍 되어
마지막 숨을 거두며
낙엽 되어 떨어진다

가을비가 내린다.
우중충한 잿빛 하늘 아래
벌레 파먹은 낙엽이
날 보고 웃다가 운다

늙은 시인이 비틀거린다
요기 겸 걸친 막걸리 한잔에
만추의 햇살은 눈부신데
시상詩想은 날 잡아보란 듯
머릿속에 맴돈다

가을이 지나간다
시인은 단풍 속으로 숨다가
소슬한 바람 타고
낙엽 따라 사라진다

내 마음 낙엽 따라 그대 곁으로

그대 떠난 저 오솔길 너머로
애달픈 사연 안고 내리는 가을비도
같이 맞아줄 낙엽 있어 외롭지 않은데

낙엽 따라 홀쩍 떠나버린 그대는
내 곁에 있을 때보다 내 마음속 깊이
자리 잡아 애틋한 추억되어 머문다

내 마음의 단풍은 푸른 달빛 따라
그대 향한 아린 마음 새긴 낙엽 되어
먼 그대에게 그리움 전하리라

더덕 할매

신길역 앞 맨바닥에 좌판도 없이 쭈그려
앉아 더덕 껍질을 벗겨 파는 더덕 할매

지나치는 행인들에게 눈길 한번 주지 않고
고개 숙인 채 더덕 껍질보다 더 거칠어진
손으로 더덕을 하얀 속살 드러낸 박속같이
이쁘게 다듬고 있다

찬 바람 부는 어느 날
더덕향보다 더 찐한 삶의
향기를 풍기던 더덕 할매가
보이질 않는다

울 엄마 같은 더덕 할매의
빈자리에 자꾸 눈길이 간다

산티아고 순례길

자연 속 순교자 영혼과
같이 가는 순례길은

부끄러운 마음들이
십자가 되어 고행하는 길

마음속 쌓인 오물 내뱉으며
지난 잘못을 고백하는 길

밀밭 길 따라가며
용서와 화해하는 길

오늘도 그 길은
육체와 영혼을 정화시켜
사랑으로 설레게 하는 길

인생

인생은 서로 사랑하고
갈망하다가 축복속
태어난 생명의 환희

인생은 욕심과 욕망으로
점철된 삶의 연속이
슬픔과 고독되어 불행해지는 것

인생은 결국 공평한 죽음
병들고 모든것 내려놓으니
너도 없고 나도 없는 긴 여정

국립묘지

칠십 인생 보릿고개
기력도 쇠하고
입맛도 떨어진다

삶이 무엇인지
어찌 보면 산다는 것이
죄인 것 같다

사는 것이 무엇인지
자문하며 산 오르니
산은 그저 살아라 한다

인생이 무엇인지
국립묘지를 돌아보니
수많은 답이 널려 있다

삶 · 죽음 · 영혼
그 속에 인생의 답들은
오늘도 이어져 간다

여행과 인생

인생은 긴 여행길
여행 또한 긴 인생길

인생도 살다 보면
사람 속을 벗어나
살 수 없듯이
여행도 다른 사람
다른 환경과 문화를
벗어날 수 없다

여행 중 끊임없는
자신과의 대화는
사고의 틀은 넓히고
기억 속 추억도 만든다

여행도 인생도
혼자서 끊임없이
자기 자신을 찾고
만나는 과정이다

책 말미에

여러 가지로 부족한 나의 시상(詩想)들을 예쁘게 엮어주신 "반달뜨는 꽃섬" 출판사 사장님께 깊은 감사를 드립니다. 출판 후 이곳저곳으로 떠나고 일부는 아직도 갈 곳을 잃고 방 한구석에서 나만 쳐다보고 있는 시집들을 물끄러미 바라보며 책 말미에 붙이는 작가의 솔직한 심정을 시 한 수로 갈음한다.

시집간 시집

아침에는 커피잔 받침대
저녁에는 컵라면 뚜껑
이렇게 냉온탕 오가면서
쭈글쭈글해진 너의 얼굴
그래도 나에게는 소중한 너

나 대신 화상 입고 매운 국물에
범벅이 되어도 언제나
묵묵히 견디는 네 모습에
지난 세월 속 나의 아픔들이
고스란히 머물고 있구나

비록 너는 짧은 세월 속에
남 위로와 편의를 제공하다
멀리 내 곁을 떠나갔지만

나에게는 너무나 대견했고
소중했던 너를 잊지 않을게

시인도 아니면서 시는 무슨 시詩
흘암 최철수 시집

인쇄 2023년 10월 10일
발행 2023년 10월 20일

기   획 김은경
편   집 박윤정
발행인 이은선
발행처 반달뜨는 꽃섬 [서울시 송파구 삼전로 10길50, 203호]
연락처 010 2038 1112   E-MAIL itokntok@naver.com

ⓒ 최철수, 저작권 저자 소유

ISBN 979-11-91604-23-8   03810